A MES HEURES PERDUES

PREMIÈRES POÉSIES

PAR LOUIS GOBLET

MEMBRE DE L'ACADÉMIE POÉTIQUE DE FRANCE

PARIS

LIBRAIRIE ANCIENNE ET MODERNE

ÉDOUARD ROUVEYRE

1, Rue des Saints-Pères, 1

1879

A MES HEURES PERDUES

TIRÉ A 500 EXEMPLAIRES

TOUS NUMÉROTÉS

*Exemplaire N°*________

A MES

HEURES

PERDUES

PREMIÈRES POÉSIES

PAR LOUIS GOBLET

MEMBRE DE L'ACADÉMIE POÉTIQUE DE FRANCE

PARIS

LIBRAIRIE ANCIENNE ET MODERNE

EDOUARD ROUVEYRE

1, Rue des Saints-Pères, 1

1879

NIMES. IMP. ROGER ET LAPORTE, PLACE SAINT-PAUL, 5.

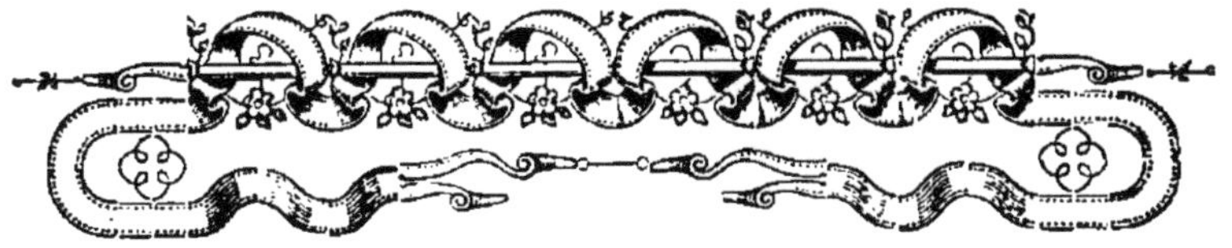

AU LECTEUR

—

> Eh bien! en vérité, les sots auront beau dire,
> Quand on n'a pas d'argent, c'est amusant d'écrire.
>
> A. DE MUSSET.

Oui, c'est bien amusant, lecteur, je te le dis.
Tout un jour, c'est bien long, et, le soir, les soucis
Viendraient me torturer si je n'avais ma plume.
L'oisiveté me pèse et jamais je ne fume.
Donc, le soir, ne sachant que faire au coin du feu,
J'aime à me délasser en écrivant un peu;
C'est là qu'est mon plaisir; parbleu, chacun sa mode :
On le prend où l'on peut, qu'importe la méthode ?
L'un adore le jeu; l'autre, la bouche en rond,
D'une fumée épaisse inonde le plafond;
Un autre, tout le jour, parle de politique ;
Celui-ci, patient, sans relâche s'applique
A trouver la beauté d'un feuilleton nouveau...

Moi, je songe et repasse alors dans mon cerveau
Mille projets d'amour, doux songes de mon âge,
Et, prenant un crayon, je jette sur la page
Tous mes plus chers pensers, tous mes beaux rêves d'or,
Et cela m'éblouit plus qu'un brillant trésor.
Enfin, pris de vertige, enivré, je m'arrête
Et je vais me coucher... avec le mal de tête.
D'autres fois, gai, prenant l'air d'un mauvais sujet,
Je m'amuse à tourner quelque joyeux couplet,
Et ma rime trébuche, ainsi, dans la nuit noire
En un chemin pierreux, qu'un ivrogne après boire.
— Oui, mais, me direz-vous, par quelle étrange humeur
Venez-vous jeter à la tête du lecteur
Votre livre insensé ? Pourquoi le faire lire ?
N'était-ce pas assez déjà que de l'écrire ?
Auteur trop assommant, tu t'es désennuyé ?...
Grand bien te fasse ; mais nous, nous avons baillé.
— Eh bien ! alors, tant mieux ; c'est déjà quelque chose ;
Prenez-moi donc, le soir, en guise d'une dose
D'opium pour dormir.
Ami lecteur, je ris,
Et je serais fâché, sur ce mot, d'être pris ;
J'exercerai souvent, lecteur, ta patience ;
Mais je puis bien compter sur ta bonne indulgence.
....
Allons, c'est entendu, tu me l'accorderas...
Tu souris, j'ai vaincu, tu ne siffleras pas.

Octobre 1878.

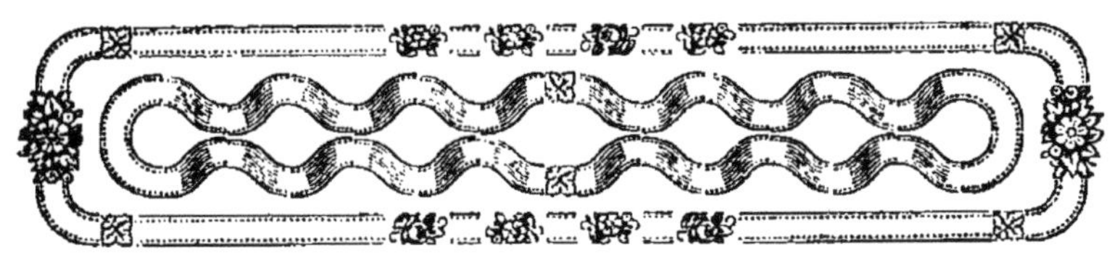

A TRAVERS MES CARREAUX

PAYSAGE D'AUTOMNE

—

Nous sommes en novembre
Et le ciel est tout gris ;
Il fait froid et je suis
Confiné dans ma chambre.
A travers mes carreaux,
J'aperçois des tuffeaux,
Des peupliers sans feuille
Attendant que Dieu veuille
Les remplumer un peu.
Là-haut, sur la colline,
Bons à jeter au feu,
Faisant piteuse mine,
Des chênes rabougris
M'apparaissent jaunis.
Puis un moulin sans toile

Etend ses quatre bras,
Prêts à tomber à bas.
Ici, pas une voile,
Pas un petit bâteau
Qui navigue sur l'eau.
On dirait que nature
Prend son bonnet de nuit
Et cache sa figure
Pour la mettre à l'abri
De l'Hiver qui vient vite.
Monté sur un char blanc,
Ce roi glacé du vent
Que l'hirondelle évite,
Sort de ses noirs sapins
Et, tout couvert de glace,
Nous jette, à pleines mains,
La neige sur la place.
Il va, la répandant
Par monts et par vallées ;
On le voit en tremblant :
Les terribles gelées
Vont glacer et blanchir
Et plaines et collines
En nous faisant frémir
De vêpres à matines.

Hiver, éloigne-toi ;
Je hais la feuille sèche
Et la neige et le froid ;
Je hais ton front revêche

Qui m'apparaît plissé
Par la sombre misère.
Qui donc t'a hérissé
D'une telle manière
La barbe et les cheveux ?
Tu me sembles affreux :
La neige est sur ta face,
Ton regard froid me glace....

Loin de moi, triste Hiver,
Je hais ta barbe blanche ;
Je hais de voir la branche
Sans son feuillage vert.
Moi, j'aime la colline
Pleine de fleurs, d'oiseaux ;
Moi, j'aime l'herbe fine
Embaumant les côteaux ;
Moi, j'adore la vie,
Vieil Hiver ! j'ai vingt-ans :
A mon âge on ne crie
Que : « Vive le Printemps ! »

Novembre 1877.

A UNE FLEUR MORTE

—

Ainsi, te voilà donc fanée,
Ma pauvre fleur, si belle hier ;
Ta grâce s'en est retournée
A Dieu qui te l'avait donnée :
Tu fuis les neiges de l'hiver.

L'autre jour, pour toi, c'était fête ;
Tu trônais, reine du jardin ;
Sur ton sort ma pitié s'arrête :
Que l'aquilon courbe ta tête
Et te voilà morte au matin.

Il suffit donc de peu de chose,
Ma fleur, pour te faire périr ?
Le froid, sur le bouton de rose,

Par une claire nuit se pose
Et son toucher le fait mourir !

Tout est de bien courte durée,
Tout s'enfuit rapide, ici-bas,
La fleur est tôt décolorée,
Le temps l'a bientôt dévorée,
Lui qui nous glisse entre les bras.

Ah ! si dans la verte jeunesse
On pouvait un jour s'arrêter !...
Mais il faut avancer sans cesse,
Le temps, à nos talons, nous presse...
Bel âge il faudra te quitter !

Beauté, jeunesse, fleurs, tout passe,
Tout disparaît et sans retour :
Ainsi la flamme dans l'espace
Se perd au ciel sans une trace,
Ainsi s'envole chaque jour.

Toi, maintenant, ma pauvre morte,
Toi, te voilà née à l'oubli ;
Un coup de vent passe et t'emporte :
Bientôt, tu franchiras la porte
Du seuil d'où l'espoir est banni.

Eh bien ! adieu, pauvre fleurette !
A te plaindre je me complais ;
Sur ton sort, ma pitié s'arrête.

Puisqu'à la mort rien ne s'achète,
Emporte au moins tous mes regrets.

ENVOI

Ah ! vous aussi, grands de la terre,
Au tombeau vous irez pourrir ;
Gravez vos titres sur la pierre :
Le temps mettra dans son ornière
Pierre, tombeau, nom, souvenir.

Décembre 1878.

NUIT D'HIVER

—

Nous sommes en hiver ; cinq heures... c'est la nuit :
Dehors la bise siffle et tout cherche un abri.
Malgré soi l'on frissonne.
Qu'il fait bon près du feu, près du feu pétillant,
De voir, sur le plancher, l'ombre danser gaîment,
Pendant que l'on tisonne !

N'est-ce pas qu'on est bien à se chauffer le soir,
Quand dehors il fait froid, quand dehors il fait noir,
Auprès du feu qui brille ?
N'est-ce pas qu'on est bien, devant ses chauds tisons,
A se plaindre qu'il gèle en brûlant ses talons
Et causant en famille ?

N'est-ce pas qu'on est bien à converser gaîment,
A voir le vieil aïeul raconter, triomphant,
Une effrayante histoire ;

Parler du temps jadis, ce temps passé, fameux,
Qu'on ne reverra pas, dont le nôtre envieux
N'a plus que la mémoire ?

Ce soir-là nous disions : — « Qu'il fait donc chaud ici !
— » Et qu'il fait froid dehors ! — Chauffons-nous — Dieu merci,
» Il n'est âme qui vive
» Qui ne soit près du feu. — C'est qu'il gèle bien fort
» Et d'un chien dans la rue on plaindrait tous le sort
» Tant la gelée est vive !

— » Que nous sommes bien là ! — Comme ronfle le feu !
— » Comme siffle le vent ! — Mais écoutez un peu.
» Qui donc frappe à cette heure ?...
— » Bah ! c'est le vent qui hurle. — Eh ! non, j'entends quelqu'un.
— » Pour venir se chauffer, c'est un temps opportun.
— » C'est une voix qui pleure. »

La porte s'est ouverte. — « Ah ! c'est un pauvre enfant !
— » A peine est-il vêtu. — Voyez il est tremblant.
— » Ses mains sont violettes.
— » Le froid a pénétré ses habits en lambeaux !
— » Il est glacé, Dieu bon ! Pourquoi laisser vos maux
» Frapper les blondes têtes ?

— » D'où viens-tu, mon enfant ? — Ne veux-tu pas manger ?
— » Approche-toi du feu. — Viens. — Il n'ose bouger.
— » Tu n'as donc pas de mère ? »
L'enfant pleurait bien fort : — « Dis-nous ce que tu veux. »
— « J'ai froid, j'ai faim, dit-il ; ma mère est dans les cieux
» Et je suis seul sur terre ! »

Décembre 1877.

LE PRINTEMPS

—

Avril, la nature est en fête ;
Voici revenir le printemps.
Que le plaisir seul nous arrête,
Vivons heureux, gais et contents !

Vois donc, ô ma douce Marie !
L'oiseau joyeux chante, ce soir ;
Là-bas, la fleur de la prairie
S'ouvre à l'amour, pleine d'espoir.

Faisons comme elle, ma mignonne,
Et donnons-nous un doux baiser ;
Un baiser comme Amour les donne,
Où l'on sent le cœur s'embraser.

C'est le printemps, nouvelle vie ;
C'est le plaisir et les amours...

Je t'aime, ô ma belle! ô ma mie!
Je t'aime et t'aimerai toujours.

Qu'il fait bon causer deux à l'ombre
Des verts buissons garnis de fleurs,
Car l'on n'a plus l'âme aussi sombre,
On croit qu'il n'est point de malheurs.

On rit, on joue, on dit : Je t'aime!
On se prend la main ; et, le cœur
Que dilate un bonheur suprême,
Ne comprend pas d'autre bonheur.

Si tu le veux, allons, ma belle,
Jusqu'à cet arbre, pour ce soir ;
Là, sur l'herbe fraîche et nouvelle,
Nous pourrons tous deux nous asseoir.

Je te dirai, ma bien-aimée,
Que ton amour m'est précieux,
Que, devant toi, l'âme enflammée
Croit déjà contempler les cieux ;

Je te dirai..... mais, sur ma lèvre,
La tienne vient de se poser ;
Pour calmer ma brûlante fièvre,
Tu m'as donné ce doux baiser.

C'est le printemps, faisons-lui fête ;
Soyons heureux, soyons contents ;
Que le plaisir seul nous arrête :
Un doux baiser, c'est le printemps!

Juin 1877.

A UNE HIRONDELLE

—

Dis-le-moi, légère hirondelle,
D'où viens-tu ?
Aux bords où le printemps t'appelle,
Qu'as-tu vu ?

Viens-tu du pays de Cocagne,
Est-ce beau ?
As-tu vu, traversant l'Espagne,
Mon château ?

J'ai là des terres étendues
Où l'on voit
La justice courir les rues
Pour le droit.

Est-ce un pays comme le nôtre ?
Y voit-on
Les hommes se haïr l'un l'autre,
Sans raison ?

As-tu vu, dans tes longs voyages,
Des jaloux ?
Des hommes se croyant des sages,
Pauvres fous ?

As-tu vu des femmes fidèles
Sans... amants ?
As-tu vu des filles rebelles
Aux galants ?

As-tu vu quelque ami sincère ?....
Gens de cœur,
Des fils, mettant dans leur père
Leur bonheur ?

....

La terre partout est la même ;
Et, là-bas
Comme ici, on hait et l'on aime,
N'est-ce pas ?

La terre, un jour, sera parfaite.....
Le méchant
Comme le bon lève la tête,
Cependant.

Juillet 1878.

SEUL!

—

Il n'est pas bon que l'homme soit seul!

Nous étions au printemps: la campagne était verte;
J'allais par les sentiers admirant ses beautés;
J'aime les champs, les bois et la plaine déserte,
J'aime la solitude et les lieux écartés.

Je m'en allais, rêvant, perdu dans la nature,
Où j'entendais parler l'oiseau, l'arbre et la fleur,
Qui formaient un concert, un céleste murmure,
Car chaque oiseau chantait; chaque herbe avait son chœur.

Et je comprenais tout... O langage sublime!
L'oiseau disait : amour ; l'arbre disait : amour ;
Et la fleur, et la plante, et l'écho de l'abîme
Se renvoyaient ce mot en doux chants, tour à tour.

Et moi, je me disais : « Vois, ici-bas, tout aime ;
» Dieu, dans le cœur de tous, a mis les mêmes feux.
» Qu'on soit l'homme ou l'oiseau, qu'on soit le rocher même,
» Il faut vivre d'amour, et tu feras comme eux.

» Viens donc rêver ici, la solitude est belle ;
» Mais ne reviens plus seul, car il te faut aimer.
» Avant que le printemps encor se renouvelle,
» Trouve un cœur bien ardent qui puisse t'enflammer. »

Avril 1878.

PAPILLON

—

Dans l'azur des cieux,
Vole, vole, vole
Papillon joyeux,
Trop juste symbole
Las ! des amoureux.
Papillon joyeux,
Dans l'azur des cieux,
Vole, vole, vole.

Papillon brillant,
Ton aile étincelle
D'un reflet changeant
Et de belle en belle
Tu cours inconstant.
D'un reflet changeant,

Papillon brillant,
Ton aile étincelle.

Ton cœur, papillon,
Chaque instant varie :
Pour toi tout est bon ;
Tu prends l'ambroisie
Sur la fleur sans nom.
Pour toi tout est bon ;
Ton cœur, papillon,
Chaque instant varie.

Octobre 1877.

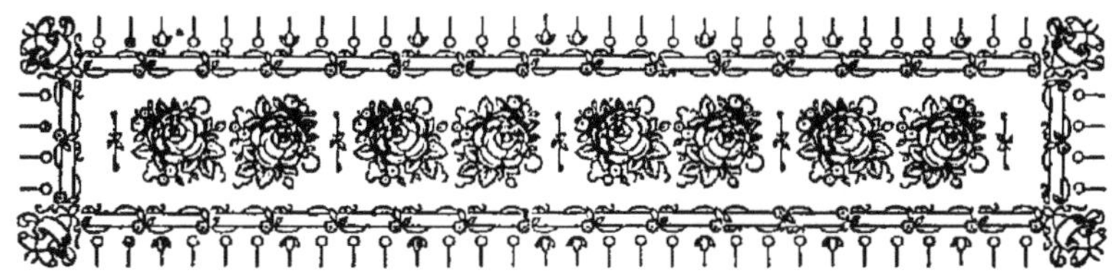

VINGT ANS AU PRINTEMPS

—

Vingt fois, de fleurs, le gai printemps
A paré, pour moi, les campagnes ;
Vingt fois ont reverdi les champs,
Fondu les neiges des montagnes.

Vingt fois j'ai vu, sur le côteau,
Dans le buisson d'épine blanche,
Faire un nid au petit oiseau
Qui chante, l'été, sur la branche.

Vingt fois j'ai vu, dans le jardin,
S'épanouir la fraîche rose ;
Vingt fois j'ai vu, sur le jasmin,
L'active abeille qui se pose.

On m'a dit que dans quelque temps,
Quand viendront sur moi les tempêtes,

Je sentirai le poids des ans,
Qui fait courber toutes les têtes.

On m'a dit : « Tu ne verras pas
» Toujours dans les champs la verdure ;
» Tout n'est pas roses ici-bas,
» Tout n'est pas gai dans la nature.

» Tu verras, à vieillir, l'hiver
» Qui, du printemps, prendra la place ;
» Tu n'aimeras plus le pré vert,
» Et tu redouteras la glace.

» Quand tu jouais, petit enfant,
» Sans souci de chaud, de froidure,
» La neige te plaisait autant
» Que les fleurs et que la verdure.

» Mais quand les ans te feront vieux,
» L'hiver et son glaçant cortège
» Seront toujours devant tes yeux ;
» Tu craindras la bise et la neige. »

Que disent-ils ?... Moi, j'ai vingt ans ;
Toute saison me paraît belle,
Et je sais bien que le printemps,
Neuf mois passés se renouvelle.

Allez, prophètes de malheur !
Gémir et pleurer, sottes choses !
Moi, je veux m'éjouir le cœur...
Jeunes gens, ah ! cueillons les roses !

Novembre 1878.

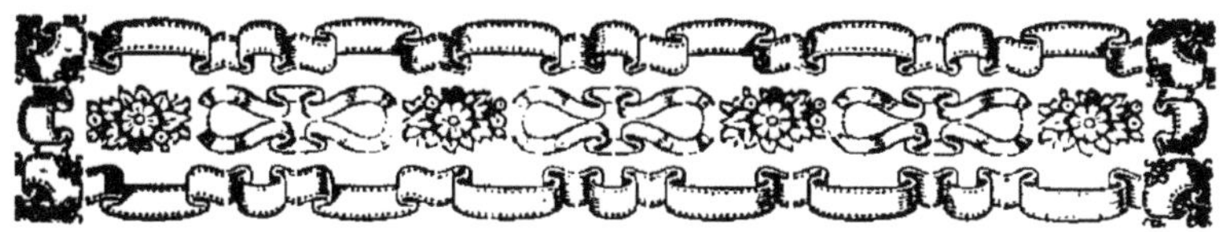

SI LES BÊTES PARLAIENT

—

Qui donc nous guette ainsi ?
A. DE MUSSET.

Quand tu vas, en secret,
La nuit, sur la colline,
Piétinant l'herbe fine ;
Quant ton œil inquiet
Cherche partout dans l'ombre,
Si, dans le grand bois sombre,
N'est pas quelque indiscret,

Mignonne, prends bien garde :
Sans bruit,
La nuit,
Peut-être on te regarde.

Quand, le cœur palpitant,
Tu regardes qui guette,
Et détournes la tête

Pour une feuille au vent ;
Lorsque le front tout rouge,
Voyant que rien ne bouge,
Tu cherches ton amant,

Quelqu'un est là, mignonne :
Ce bruit,
La nuit!...
Ton petit cœur frissonne.

Si tu pouvais savoir
Tout ce qui t'environne,
Tu n'irais plus, mignonne,
Au bois, quand il fait noir ;
Car, partout à la ronde,
Se cache tout un monde
Q'on ne voit pas le soir.

Et tu prendrais bien garde :
Sans bruit,
La nuit,
Là, quelqu'un te regarde.

Si les bêtes parlaient !
Oh ! petits diables roses,
Oh ! que de belles choses,
Sur vous elles diraient ;
Plus d'un joli mystère
S'éclaircirait, ma chère,
Plusieurs fronts rougiraient.

Mignonne, prends bien garde :
Sans bruit,
La nuit,
Là, quelqu'un te regarde.

Ne crains-tu pas, dis-moi,
Qu'un jour une fauvette,
A chaque écho, répète
Un doux aveu de toi ?
Charmant aveu bien tendre
Que tu laissas surprendre
A ton cœur en émoi.

Ah ! mignonne, redoute
Un bruit
La nuit :
C'est quelqu'un qui t'écoute.

Car dans tes rendez-vous
D'amour, ô jeune fille !
Entre l'astre qui brille
Et le gazon bien doux,
Dans l'arbre, sur la branche,
Est l'oiseau qui se penche,
Qui se penche, jaloux.

Sois un peu plus discrète :
Moqueur,
Railleur,
Est l'oiseau sur ta tête.

Arrête tes aveux ;
Parmi l'herbe et la mousse,
L'insecte accourt, se pousse,
Regarde curieux ;
Et là, dans le feuillage,
Vois-tu le brun pelage
De la biche aux grands yeux ?

A ces témoins, prends garde ;
Sans bruit
La nuit,
Tout cela te regarde.

Vois-tu leur œil malin,
Vois-tu leur petit rire
Lorsque ton cœur soupire
Et lorsque bat ton sein ?
Ils sont pleins de malice,
Ils ont plus d'un caprice...
Ah ! s'ils parlaient demain !

Mais elle ne m'écoute :
Son cœur,
Sans peur,
Ne voit rien qu'il redoute.

Juin 1878.

POUR LES OISEAUX

Imité de l'anglais : « DON'T KILL THE BIRDS. »

—

Dans vos jeux, mes enfants, ne tuez pas l'oiseau,
Le gai petit oiseau qui chante à notre porte :
Quand l'hiver est fini, c'est lui qui nous apporte
L'annonce du printemps nouveau.

Laissez vivre l'oiseau : sa vie est si joyeuse !
Qu'il gazouille toujours : son ramage est si doux !
Pour lui donner la mort, enfants, est-ce de vous
Qu'il tient une existence heureuse ?

Epargnez les oiseaux, les gais petits oiseaux ;
Sans eux il ne serait plus de plaisir sur terre.
Comme ils sont gais, légers ; comme ils sont faits pour plaire !
Comme ils sont vifs, comme ils sont beaux !

Chante, petit oiseau, ta folle chansonnette !
Sans souci d'avenir, sans souci de présent ;
La gaîté, c'est ta vie ; oiseau, chante gaîment ;
Chante, que l'hiver seul t'arrête !

Epargnez les oiseaux, les oiseaux bienheureux ;
Car ils sont la gaîté des champs et des bocages ;
Puisqu'ils charment nos bois de leurs plus doux ramages,
Nous, nous devons veiller sur eux.

Mars 1878.

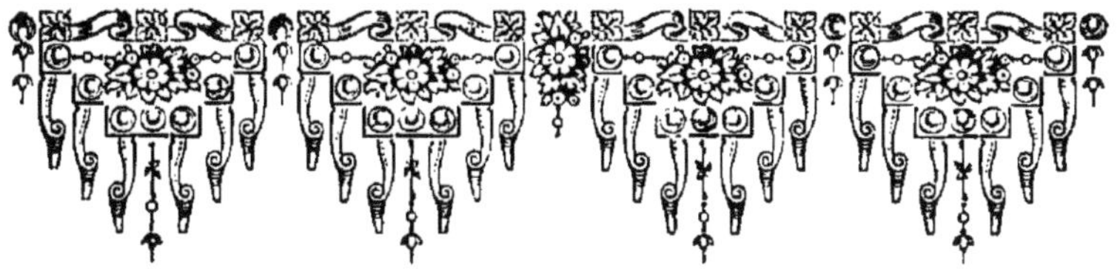

LE SONGE D'UN JOUR D'ÉTÉ

—

L'autre jour, au seuil de sa porte,
Gros-Jean, fatigué s'endormit :
En été la chaleur est forte
Et malgré soi l'on s'assoupit.

— « Voilà ta femme,
» Eveille-toi
» Ou, par ma foi.
» Cette bonne âme,
» On le verra,
» S'en chargera. »

Mais Jean faisait un si beau rêve
Qu'il eût voulu toujours dormir....
Las ! ici-bas, la joie est brève :
Il ne peut son rêve finir.

Par devant monsieur notre maire,
— Du moins, Gros-Jean, rêvait cela, —
Il n'avait fait aucune affaire,
Aucun serment, et cœtera.

Sans chagrin, il voyait sa femme
Qui s'appelait d'un autre nom,
Et n'était plus cette madame
La maîtresse de sa maison.

« Eh ! quoi ? j'aurais changé de femme ?
» Ou, plutôt, je n'en aurais pas ?
» Je ne suis pas à Sainte-Gemme ? (1)
» J'ai ma raison ? — « Eh ! toi, là-bas ! »

» Maudit ivrogne !
» Eveille-toi,
» Ou par ma foi,
» Si je te cogne,
» Tu sentiras
» Un peu mon bras ! »

Juin 1878.

(1) Sainte-Gemmes, hospice d'aliénés, près d'Angers.

LA FÊTE AU VILLAGE

—

C'était la fête au village,
Belle fête en vérité ;
Les charlatans faisaient rage,
Partout c'était la gaîté.

On ne voyait que boutiques
De biscuits, de macarons ;
Pains d'épices magnifiques,
Traquenards et mirlitons.

Puis un grand mât de cocagne,
Avec une montre au haut,
Où les gars de la campagne
Grimpaient, non sans avoir chaud.

Et puis un ballon immense,
En papier, grand comme ça ;

Et pour lui gonfler la panse
Un fagot qu'on alluma.

Enfin de belles fusées
S'envolèrent pour le mieux ;
Les étoiles éclipsées
En pâlirent dans les cieux.

Mais j'oubliais, de l'histoire,
Tout justement le plus beau :
Sur la place on pouvait boire
Autre chose que de l'eau.

Des pompiers, le corps insigne
Fut mis pour veiller à tout
Et dans leur rude consigne
Ils allèrent jusqu'au bout :

Assis autour de la table,
On put les voir tout le jour,
Buvant du jus délectable
Tous ensemble avec amour.

Le soir, les gars et les filles
Dont le sang est chaud et bout,
Dansèrent quelques quadrilles
Et puis.... ma foi, ce fut tout.

A la clarté de la lune
On partit dans les vallons ;
Tout s'égrena dans la brune
Au bruit des jeunes chansons.

Août 1878.

LE VIN D'ANJOU

—

Eh ! vive le bon vin !
Vin d'Anjou je t'adore ;
Buvons, et que demain
Nous trouve à boire encore.

Si l'on est quatre ou cinq amis,
Il faut bien chanter rire et boire ;
C'est dans la chanson et je dis,
Moi, que nous pouvons bien la croire.

Si l'on est deux jeunes amants,
Un petit verre dans la tête.
Nous rend, c'est connu, plus aimant,
Et bien plus belle en est la fête.

Buvons, car avec le bon vin
On est toujours joyeux sur terre ;

Amis, buvons ; le noir chagrin
Va se noyer au fond du verre.

Buvons, car cela rend joyeux,
Amis, encor cette bouteille
C'est fin, doux, coulant et mousseux...
Ah ! le bon vin ! cela réveille !

Eh ! vive le bon vin !
Vin d'Anjou je t'adore ;
Buvons, et que demain
Nous trouve à boire encore.

Mars 1878.

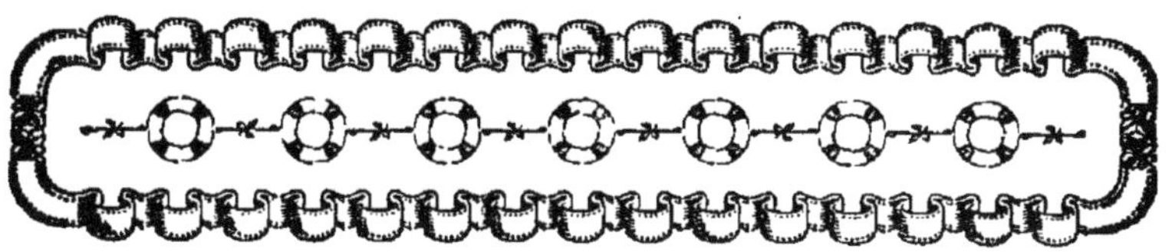

LE CHANTRE

—

EPISODE DE LA MOISSON

—

I

Il existe chez nous une vieille habitude,
Reste des temps anciens, reste de servitude,
Qui veut que le curé, pour fin de la saison,
S'en aille recueillir sa part de la moisson.
Ce moment arrivé, le sacristain, d'usage,
S'en va, tout guilleret, parcourir le village,
Roulant une brouette ou portant un panier
Qu'il retourne vider à la cave, au grenier.
La récolte, souvent, n'est pas mal abondante
Et fournit, chaque année, une assez belle rente.
Le revenu du prêtre en augmente d'autant;
Le sacristain joyeux revient tout en chantant

Et du profit tout net de la belle journée,
Le curé pourra vivre un bon bout de l'année.

II

Il n'est pas bien longtemps, le terme étant venu,
Le sacristain — pourquoi ? C'est ce qu'on n'a pas su —
Ne put, au jour précis, aller faire sa ronde.
Le chantre, officieux, obligeant tout le monde,
Pour plaire à son curé, se dispose aussitôt
A partir, promettant d'arriver au tantôt.
Mais il avait compté sans la chère bouteille,
Car il but, ce jour-là, de façon sans pareille :
Il est si naturel, quand on quête du vin,
De le goûter — pour voir si son bouquet est fin. —
Le chantre goûta tant et tant qu'il s'y fit prendre ;
Sa tête se perdit, il ne put pas se rendre.
Le vin de mon pays est bon, mais il est fort ;
Il est fin, doux, coulant, mais il a le grand tort
De vous tourner l'esprit au bout d'une bouteille.
Le chantre en tenait quatre et roulait à merveille.
Le curé cependant attendait. Mais le soir
Venait vite. Le prêtre était au désespoir.
« Qu'est-il donc arrivé ? » Rien ne peut vous défendre
De craindre quelquefois. Enfin, lassé d'attendre,
Il part à sa recherche et le trouve étendu
Au milieu du chemin, sur l'arène tordu.
La brouette non loin, las ! gisait renversée ;
Tout près était le quart. La futaille percée
Annonçait les exploits du nouveau pourvoyeur :

« C'est ce que je craignais, dit le curé, malheur !
» Tout est perdu, tout, tout ! Ah ! misérable ivrogne !
» Que tu mériterais... N'as-tu donc point vergogne
» D'avoir ainsi, païen, par terre répandu
» Tant de bon vin nouveau pour en avoir trop bu ? »
Lors le chantre ronflant, à sa voix se réveille :
» Qui parle de bon vin ? Eh ! vive la bouteille !
» J'ai bu, monsieur, cela m'a certes fait du bien ;
» Buvons encor, j'ai soif. Comme il n'en coûte rien,
» Il faut en profiter. » Et, contractant sa face,
Il veut sourire et fait une affreuse grimace.
Là-dessus il retombe et bientôt se rendort.
Aussitôt le curé va chercher du renfort ;
Quatre bons paysans, non sans quelque dommage,
Ramenèrent le quart et le chantre au village.

III

Le chantre cependant, guéri le lendemain,
Put encor louer Dieu, boire encore du vin ;
Le curé, pour avoir sa rente habituelle,
Fit faire au sacristain une quête nouvelle.

Mai 1875.

FEUILLE D'AUTOMNE

—

Encore une emportée au vent,
Puis une autre, puis encore une....
Tout fuit, hélas ! vers le néant,
Destinée à chacun commune.

Pauvre arbre, que sont devenus
Tes verts rameaux, ton frais feuillage ?
Les vents d'hiver sont revenus,
Ils t'ont dépouillé dans leur rage.

Les oiseaux se sont retirés ;
Ils sont gais : fils de la nature
Ils veulent des fleurs dans les prés,
Un ciel riant, de la verdure.

Et maintenant, tout décharné,
Sans feuilles, ton maigre squelette

Se dresse seul abandonné,
Craquant sous le vent qui le fouette.

Il faut — il est de dures lois —
Que l'automne effeuille les arbres;
Que le vent siffle dans les bois
Et que la mort nous change en marbres.

Il faut des ombres au soleil,
Au ciel même il faut des nuages;
La nuit après le jour vermeil,
Après les beaux jours, les orages.

Eh ! quoi ? faudra-t-il donc mourir ?
Cette mignonne et fraîche fille ?....
Les fleurs en terre vont pourrir,
Le bleuet meurt sous la faucille.

Rien n'est éternel ici-bas;
Tout périt, tout s'en va; l'abîme
Du temps s'entr'ouvre sous nos pas,
Le grand y tombe avec l'infime.

Mais non; rien ne meurt: au printemps,
La fleur reparaîtra plus belle,
L'arbre reverdira, les champs
Prendront une robe nouvelle.
....

Printemps, c'est le nid de l'oiseau;
La fleur qui croît à notre porte;

La femme qui, dans ses bras, porte,
Jeune mère, un fils, doux fardeau.

La sève coule sous l'écorce,
Tout s'en va revivre plus beau:
La vie apparait de nouveau,
Le bourgeon s'enfle plein de force.

Le soleil, après les grands froids ;
Après les branches, le feuillage ;
Après les hiboux, le ramage
Du rossignol au fond des bois.

Après le givre est l'aubépine ;
Après la neige sont les fleurs ;
Après la brume et les vapeurs,
Le ciel bleu, l'onde cristalline.

Janvier 1878.

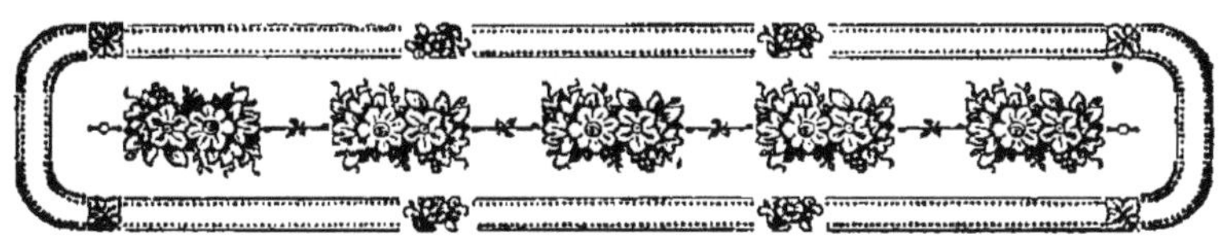

APPARITION

O ! toi que j'entrevis, fille aux cheveux d'ébène,
Pourquoi m'as-tu laissé tout seul avec ma peine,
Ange qui t'es enfui bien avant de savoir
Quel bonheur j'avais à contempler ton œil noir ?

Hélas ! bientôt je t'ai perdue ;
A mes yeux disparue,
Tu partis à jamais....
Oh ! reviens, belle fille, oh ! viens, car je t'aimais !

Ta grâce si touchante a pénétré mon âme ;
Mon pauvre cœur épris se tord dans cette flamme
Que ta vue alluma ; je voudrais te revoir,
Mais c'est en vain, hélas ! que faut-il pour t'avoir?

Sans toi, rien pour moi n'est au monde
Et sans ta taille ronde,
Et sans tes jolis yeux,
Mon âme ne croit plus et cherche en vain les cieux.

Je ne te l'ai pas dit et, pourtant, je t'adore ;
O ! bel ange, reviens, je veux te voir encore.....
Mais non, jamais, jamais je ne te reverrai !
Ah ! reviens, tu sauras comme je t'aimerai !

Je veux revoir ton œil limpide,
O ! ma vierge candide ;
Mais, partie à jamais,
Tu ne reviendras pas et, pourtant, je t'aimais !

Août 1875.

CRI DE L'AME

—

Si je disais ce que je sens pour toi,
Je m'écrîrais : « Sois à moi, sois à moi,
» A moi qui t'aime ! »

Je n'ose pas le dire devant toi,
Mais seul, tout bas : « Oh ! sera-t-elle à moi,
» A moi qui l'aime ? »

Et malgré tout, si tu n'es pas à moi,
Mon cœur, lui, n'est plus libre, il est à toi,
A toi qu'il aime.

Août 1876.

PITIÉ.

Quand j'aurai répété mille fois que je l'aime,
Quand j'aurai bien gémi son nom si doux pour moi,
Quand j'aurai bien pleuré; quand, d'un effort suprême
J'aurai crié vers vous que, seule, elle a ma foi;

Quand mes yeux desséchés auront pleuré leurs larmes,
Quand mon cœur déchiré sera las de souffrir,
Peut-être alors, mon Dieu, cesseront mes alarmes,
Peut-être voudrez-vous voir mes peines finir.

Mais dites-moi, pourtant.... par combien de souffrance
Dois-je acheter, ô Dieu, ce bonheur éloigné ?
Combien de temps n'aurai-je encor que l'espérance
Pour calmer le chagrin que vous m'avez donné ?

Oh ! si je souffre pour mes fautes,
Si vous m'avez voulu punir,
Pitié ! je prîrai les mains hautes,
Pitié je ne puis plus souffrir !

Août 1876.

L'ARGENT

—

Seul, Dieu toujours vivant parmi tant de faux dieux.
A. de MUSSET.

I

Un sage me dira : « C'est bien peu que l'argent;
« Le philosophe se délivre
» Du souci d'amasser. » C'est juste, mais pourtant,
Que l'argent aide à vivre !

II

Depuis deux jours je n'ai mangé ;
Voici du pain, je veux en prendre ;
Il est frais et bien boulangé....
Mais, hélas ! ce pain est à vendre !

Ah ! sans argent,
En vain l'on attend, l'on soupire ;
Car, sans argent,
Il faut souvent
Renoncer à ce qu'on désire.

Docteur, rendez-moi la santé ;
Depuis trois jours je vous fais dire
Que je me meurs. En vérité,
Si vous ne venez pas, j'expire.

— Monsieur, montrez-moi votre argent,
Je vous promets de venir vite ;
L'aspect de ce métal brillant
Nous fait accourir tout de suite.

Jeune fillette à l'œil brillant,
Je t'aperçois à ta fenêtre ;
Si tu me voulais pour amant,
Je serais bien heureux, peut-être.

Si vraiment tu voulais de moi,
Je t'aimerais bien, ô ! ma belle,
Je te donnerais bien ma foi,
Si tu ne m'étais pas cruelle.

— Monsieur, quelle dot, s'il vous plaît,
Apporterez-vous à ma fille ?...
— Il faut être riche, il paraît,
Pour entrer dans cette famille !

III

Alerte, aux armes, bons Français,
Aux armes, l'étranger menace !
Tous, à mourir nous sommes prêts ;
Courons-lui sus avec audace.

— Moi ? Non, j'ai caché mon argent ;
A me battre je n'ai que faire ;
Fais-en si tu veux tout autant,
Pourquoi donc aller à la guerre ?

L'argent, vraiment,
Est, à présent,
Le plus grand des dieux de la terre ;
O ! Dieu charmant,
O ! Dieu puissant,
Tout, sans toi, n'est rien que misère !

Monsieur, votre oncle est là, mourant ;
Venez ! il vous veut tout de suite.....
— Me laisse-t-il beaucoup d'argent ?
— Sans doute. — Alors, j'y vais bien vite.

IV

Lorsque je cherche le bonheur,
Dût-on m'en faire des reproches,
Je ne le vois que dans le cœur
Des gens dont l'or emplit les poches.

Quand je regarde les humains,
Je les vois accourir en foule,
Tendre leurs chapeaux et leurs mains
A ce beau métal qui les soûle.

L'argent règle tout ici-bas ;
Tout seul il est le roi du monde ;
C'est tant pis pour qui n'en a pas,
Tant mieux où la fortune abonde.

V

Argent, argent, argent !
Viens à moi, je t'implore,
O ! métal si charmant.
O! seul Dieu qu'on adore,
O ! seul Dieu tout-puissant,
Que l'on respecte encore !

Argent, Dieu de nos jours,
Viens à moi, je t'en prie,
Car, sans toi, point d'amours,
Car, sans toi, point de vie,
Car, tu seras toujours
Gloire, Amour et Patrie !

Mai 1877.

L'AMOUR

—

Lorsque l'homme eut péché, Dieu dit dans sa colère :
« Insensé, tu mourras. »
Mais lors même il est Dieu, le père est toujours père
Et, père, tu pleuras.

A ta pitié céleste une larme échappée,
Jusqu'à nous descendit ;
De là nous vint l'amour. La terre pardonnée
De bonheur tressaillit.

Oh ! que tu nous aimais, puisque, dans ta vengeance,
Tu t'arrêtas ce jour;
Puisqu'en nous condamnant, ta divine clémence
Nous découvrit l'amour !

Oh ! que l'amour est bon ! C'est le bonheur suprême
Qui sortit de ton cœur
Le jour trois fois joyeux où tu créas toi-même
Ce grand consolateur !

Juin 1877

LE CHATEAU DE LA ROCHE-TRISTAN

—

CONTE TIRÉ DE L'ARIOSTE

—

Le grand roi Pharamond, d'authentique mémoire,
Avait un fils, ainsi nous rapporte l'histoire,
Du nom de Clodion, homme fort chevelu,
Qui n'avait, de sa vie, été jamais tondu.
Mais les cheveux, ici, ne font rien à l'affaire,
Et nous n'en parlerons qu'en rang très-secondaire.

Or, le fils Clodion était, en ce temps-là,
Amoureux à lier, comprenez bien cela,
De la plus belle fille entre toutes les filles
Qui, du royaume franc, passaient pour plus gentilles.
Pour son malheur, le pauvre amant était jaloux,

On dit communément : les amoureux sont fous;
Quant aux jaloux, bien sûr, le mal est cent fois pire.
Clodion s'enferma, dans son fatal délire,
Avec la belle, au fond d'un château retiré ;
Y vécut comme un ours, et certe eût désiré
Le vigilant Argus pour mieux veiller sur elle.
A sa place, il avait, gardant la damoiselle,
Dix vaillants chevaliers qui ne dormaient jamais.
Et la gente fillette escortaient de très-près.
Las! je n'ai pu savoir ce qu'en pensait la belle,
Mais je suppose, moi, que la jeune donzelle
En était peu flattée. Or, le jaloux, tout-bas,
Songeait que dix gardiens ne lui suffisaient pas
Et tremblait encor. Sa sottise eut récompense;
Il n'est pas bon d'avoir trop grande défiance.
Clodion l'apprit à ses dépens.
Certain soir,
Le vent sifflait, le froid glaçait, il faisait noir,
Un brave chevalier, ayant sa dame en croupe,
Vint au château chercher un bon gîte et la soupe.
Clodion, peu courtois, osa refuser net
L'asile que Tristan — c'est son nom — attendait.
Tristan très-irrité qu'on fît si peu de compte
De sa dame et de lui, cria : « Moi seul, j'affronte
» Toi, tes dix chevaliers; mais au moins le vainqueur
» Sera le maître ici. Je te dis sans honneur,
» Je te dis lâche et traître, et te le dis en face
» Si tu ne viens bientôt me disputer la place. »
Clodion, insulté, n'osa pas refuser.
Ses chevaliers et lui durent se ramasser

Bien honteux et confus. Tristan devint seul maître
Du château. Clodion faisait que trop paraître
La rage qu'il avait. Blessé, chassé, jaloux
Il se voyait au froid, séparé des yeux doux
De sa maîtresse qui, ce même temps sans doute,
Dans le lit du vainqueur avec lui faisait joûte
Plus douce qu'à l'épée.
Il parait que Tristan,
Tout fier de sa victoire, offrit très-galamment
Au vaincu, pour la nuit, une aimable servante,
L'assurant qu'il trouvait sa maîtresse charmante,
Qu'il était le vainqueur et qu'elle lui plaisait,
Et que, pour une fois, personne n'en mourrait.
Clodion ne pouvait rien, hélas ! que se plaindre.
Mais il se plaignit tant que je renonce à peindre
Sa terrible fureur. Prenant ses longs cheveux,
Il se les arracha, poussant des cris affreux.
Tout ce qu'il put trouver pour jurer et maudire
Il le dit, et Tristan, froid, ne faisait qu'en rire.
C'était bien triste à voir.
L'Arioste prétend
Que le pauvre jaloux en fut quitte, pourtant,
Avec la peur. Tristan, vrai chevalier modèle,
Resta toujours, dit-il, à sa dame fidèle ;
Et la belle à monsieur le jaloux Clodion
N'eût à souffrir, ce jour, de profanation
Aucune.
Quant à moi, je veux bien que l'histoire
Soit telle, mais peut-on, quand on est jaloux, croire,
Sur un pareil sujet, la parole d'autrui ?

Je ne sais. Si j'étais ou jaloux, ou mari,
Il ne me suffirait d'une semblable preuve.
Clodion voulut bien croire sa femme veuve
D'époux cette nuit-là. Sans doute il eut raison,
Car la plainte, en tout cas, était hors de saison.

Depuis lors, si quelqu'un vient frapper à la porte,
Il est reçu. Mais il faut aussitôt qu'il sorte
Dès qu'un plus brave l'a sur le sol renversé.
Le vainqueur prend sa place, et le vaincu chassé,
Dans le bois d'à côté va compter les étoiles
Dont la nuit, pour nous plaire, a parsemé ses voiles.
Au pied d'un chêne il va s'étendre. Là, pourtant,
Il ne fait pas trop chaud. Pour le sexe charmant
La loi ne change pas ; c'est la plus belle dame
Qui, seule, du foyer, voit pétiller la flamme.
Les autres, sans pitié, toutes mises dehors,
Vont se plaindre à Vénus de leur malheureux sort.

Juillet 1877.

PETIT CHATEAU EN ESPAGNE

SONNET

Je voudrais, au pied d'un côteau,
Une petite maisonnette ;
Devant ma porte un clair ruisseau
Où va se baigner la fauvette.

J'entendrais le chant de l'oiseau :
Rossignol ou vive alouette,
Gai pinson, babillard moineau,
Chacun dirait sa chansonnette.

Mais pour mieux faire mon bonheur,
Je voudrais, ne vous en déplaise,
Une femme selon mon cœur ;

Et, dans ses bras, je serais aise
D'oublier du soir au matin
Tous les soucis du lendemain.

Septembre 1877.

L'AMOUR

RONDEAU

A mon ami Jules G......

Qu'un ami véritable
Est un bien précieux !
C'est un bienfait des cieux,
Et le bonheur accable
Les amis bons et vieux.

Un ami rend heureux
Seul, Amour est capable
D'allumer plus de feux
Qu'un ami.

Amour est délectable ;
Rien ne peut valoir mieux
Car, pour un amoureux,
Est-ce un bien comparable
A l'éclair de deux yeux
Qu'un ami ?

Décembre 1877.

D'OU VIENT LA POÉSIE

C'est Dieu qui remplit tout.
V. Hugo.

Après avoir créé ce qui nous environne,
Dieu tint conseil et dit : Ce que j'ai fait est bien ;
La terre et les soleils, j'ai fait cela de rien ;
Il me faut, à présent, un être à qui je donne
La parole et le cœur, l'esprit et la raison ;
Je veux lui faire un corps et je lui donne une âme,
Car il me connaîtra : Plein d'une sainte flamme
Il dira la grandeur de la création.

Ce que j'ai fait est bien et mon œuvre est parfaite :
J'ai créé l'univers et l'univers est grand ;
Pour chanter l'univers je fais l'homme à présent
Je vais me reposer, voilà ma tâche faite.....

Et, seul dans l'univers, l'homme a compris son Dieu ;
Une prière fut sa première parole ;
Sa raison comprend tout et son âme s'envole
Comme les purs esprits dans le céleste lieu.

Et depuis sa naissance, il chante la nature,
La nature si belle et jeune ainsi que Dieu ;
Et tout homme est poète, et partout, en tout lieu,
Quiconque a contemplé la fleur ou la verdure,
Ecoute avec bonheur le doux chant de l'oiseau :
Mais l'homme chante Dieu dans le fond de son âme ;
Poète, il porte au cœur une divine flamme,
Et pour chanter tout bas, son chant n'est pas moins beau.

Dieu seul inspire donc la seule poésie ;
La poésie est Tout, car Tout est fait de Dieu ;
Et, quiconque se sent au cœur un peu de feu,
Quiconque se sent l'âme étonnée et saisie,
Quiconque voit le ciel et ressent sa beauté
Chante le Créateur ; son cœur est une lyre
Et l'oiseau, les grands bois, tout ce qu'il voit l'inspire :
Il ne touche plus terre, au Ciel il est porté.

Mai 1878.

EN AVANT!

—

En avant, en avant !
Poète, prends ta lyre,
Et dans un saint délire
Poète, fais un chant
Et clame la Patrie,
Car la Muse te crie :
« O ! poète, en avant ! »

En avant, en avant !
L'étranger nous menace,
Marchons avec audace
Et versons notre sang,
Car c'est pour la Patrie
Et la France nous crie :
« En avant, en avant ! »

En avant, en avant !
Pas un lâche en arrière ;
France, de nous, sois fière
Nous mourrons tous gaîment :
Mourrons pour la Patrie ;
La trompette nous crie :
« Bons soldats, en avant ! »

En avant, en avant !
C'est la paix, à l'ouvrage
Bon ouvrier, courage,
Travaille et sois content
Car c'est pour la Patrie
L'usine siffle et crie :
« Ouvrier, en avant ! »

En avant, en avant !
Creusez, bêchez la terre,
Car il n'est plus de guerre ;
Laboureur, à ton champ ;
Du pain pour la Patrie,
Le peuple a faim et crie :
« Laboureur, en avant ! »

En avant, en avant !
A toi, France, le monde ;
La blessure profonde
Que tu portes au flanc
Se ferme, ô ! ma Patrie ;

Malgré moi je te crie :
« En avant, en avant ! »

En avant, en avant !
Mon adorable France,
Terre de l'espérance ;
Tu garderas ton rang,
O ! ma chère Patrie,
Car l'univers te crie :
« France, marche devant ! »

En avant, en avant !
Non tu n'es pas mourante ;
Ta blessure saignante
T'a fait un jeune sang.
Sois fière, ô ma Patrie,
Car malgré tout, l'Envie
Te voit marcher devant !

Mars 1878.

A UNE PETITE FILLE VOLONTAIRE

—

Sois toujours, ma fille chérie,
Obéissante à ta maman.
Tu n'en seras que plus jolie,
O ma chère petite enfant.

Je veux te dire, ma mignonne,
L'histoire d'un enfant gâté ;
Surtout, n'en riez pas, friponne,
Car c'est bien sûr en vérité.

Elle avait ses quatre ans, à peine,
Juste le même âge que toi ;
Pour ne lui pas faire de peine,
Tout le monde allait par sa loi.

Cette enfant était blonde et rose,
Et semblait un petit amour,
Une fleur douce et fraîche éclose
A l'aube de son premier jour.

Elle était déjà la maîtresse,
Comme l'est tout enfant gâté :
En échange d'une caresse,
Chacun faisait sa volonté.

Elle était, par instants, mutine
Et c'était plaisir de la voir
Renfrogner sa petite mine,
Quand elle prenait un air noir.

Un jour, la charmante fillette
Allait courant dans le jardin :
Telle une joyeuse alouette
Dans l'azur pâle du matin.

De fleurs, elle jonchait la terre ;
Cueillant, brisant tout de sa main,
Comme un démon aurait pu faire :
— Oh ! le joli petit lutin !

Mais, à fillette volontaire,
Il arrive toujours malheur ;
Et cela fait pleurer sa mère,
Elle qui l'aime de tout cœur.

En voulant cueillir une rose
Une épine entra dans sa main
Et des perles de sang tout rose
Rougirent ses doigts de satin.

Courir, en pleurant, à sa mère,
Ce fut l'affaire d'un instant :
Mais on ne plaint jamais, ma chère,
Un enfant désobéissant.

Sois donc toujours, ô ! ma chérie,
Obéissante à ta maman ;
Tu n'en seras que plus jolie,
O ma chère petite enfant !

Mai 1878.

LE RÊVE DE L'ENFANT [1]

—

Petits enfants, dans vos doux songes,
Ne pensez-vous jamais au Ciel ?
Ils sont si beaux les purs mensonges
Qui nous viennent de l'Eternel !
....

Longtemps, sur l'herbe des prairies,
Le petit Jule avait couru,
Les gourganes étaient fleuries,
Le papillon avait paru.

Ses blanches ailés sur la plaine
Se déployaient comme une fleur,

(1) Cette poésie m'a été envoyée par un de mes amis que des amis communs reconnaîtront à son genre. Puisse cette poésie être bien accueillie et l'encourager à en publier d'autres.

Aussi l'enfant, tout hors d'haleine,
Le poursuivait avec ardeur.

Puis il revint près de Marie
Sa petite sœur à l'œil bleu,
Celle, avec sa mère chérie,
Qu'il aimait comme le bon Dieu.

Elle ôta de son front les perles
Qu'avait fait naître le soleil,
Puis, à la chanson des vieux merles
Il s'endormit d'un long sommeil.

Que Dieu dit-il aux petits anges
Qui s'endorment dans leurs berceaux ?
Pourquoi, gai comme les mésanges,
Jules, ris-tu dans ton repos ?

Marie approcha son oreille,
Entendit une faible voix :
« Il parle et pourtant il sommeille ;
» Jules, dis-moi ce que tu vois. »

L'enfant souriait, et sa bouche
S'ouvrait comme un bouton de lis :
« Mon Dieu, fais-moi quitter ma couche
» De gazon pour ton paradis.

» Comme en notre vieille chapelle
» Une dame me tend les bras ;

» Son regard m'atire et m'appelle,
» Son doux baiser m'endormira

» Elle est belle comme ma mère ;
» Sa main bouclera mes cheveux.
» Va, je laisserai ma chaumière,
» Bonne dame, si tu le veux.

» Adieu, fleurs des champs et des sources,
» Adieu, joli papillon blanc,
» Nous ne reprendrons plus nos courses,
» Moi, gai, joyeux ; toi, tout tremblant.

» Bonne maman, viens car je quitte
» Le berceau de jonc où je dors ;
» Marie accours, accours plus vite,
» Je pars avec des ailes d'or. »

L'enfant se tut. « Jules, ton rêve
Est ravissant, redis-le moi. »
Mais sourd comme un flot sur la grève
Devant Marie il resta coi.

Le lendemain, sur une bière,
Sa mère en vêtements de deuil
Pleurait, et dans le cimetière
On porta le petit cercueil.

Juin 1878. JULES E.

RÊVE

—

SONNET

—

O! douce illusion,
Charmante rêverie,
Bien chère vision
Sitôt évanouie!

Oh! quelle passion
Longue comme la vie,
Quelle adoration
Pour mon âme ravie!

Mais tout espoir est vain;
Tu partis au matin
Comme s'envole un songe...

Las! il te manque un corps:
Adieu donc, beaux transports!
Adieu donc, doux mensonge!

Juin 1878.

A ELLE !

—

SONNET

—

A tes pieds prosterné,
Permets que je t'adore ;
A toi, je l'ai donné,
Mon cœur qu'un feu dévore !

A ta suite entraîné,
Je me débats encore ;
A ton char enchaîné,
En captif je t'implore...

Oh ! de ces beaux yeux bleus
D'où partent tant de feux,
Tant de grâce éternelle,

Laisse couler l'amour,
Et j'aurai de ce jour
Le bonheur, ô ma belle !

Juin 1878.

AMOUR ET FEMME

—

I

Dans vos jeux innocents, rieuses jeunes filles,
Lorsque, vous promenant, le soir, sous les charmilles,
Vous sentez le zéphyr caresser vos cheveux,
Ne songez-vous jamais, belles, aux amoureux ?
Ne songez-vous jamais qu'un éclair de vos yeux
A pu mettre, d'amour, l'étincelle en quelque âme ?
Et que là, tout auprès, voyant que vous de femme,
Rôde quelqu'un dont vous pourriez faire un heureux ?

Oui, oui, vous y songez ; l'amour, c'est votre rêve ;
Oui, n'en rougissez pas : comme notre mère Eve,
Vers le fruit défendu vous portez vos désirs...
Votre cœur est de braise et brûlants vos soupirs.

Ah ! l'amour est le dieu de la nature entière !
Vous vivez pour aimer, vierges, vive l'amour !
Car l'amour à lui seul échaufferait la terre
S'il fallait remplacer l'astre brillant du jour.

Vous désirez l'amour, ô ma vierge innocente !
Un jour, vous deviendrez une fidèle amante ;
L'amour, à votre front chaste, pur et serein,
Prendra dans vos cheveux, d'une timide main,
La couronne de vierge et posera sa bouche
Sur la vôtre et tremblant de respect, de désir,
L'œil en feu, le cœur chaud et se sentant frémir,
D'un époux adoré vous donnera la couche...
Et vous serez heureuse : un mari, c'est si doux !

Un jour, vous bercerez, mère, sur vos genoux
Un enfant bien-aimé, frais et beau comme vous,
Qui vous caressera, qui vous dira : « Ma mère ! »
Et vous aurez la joie, à votre époux bien chère
Et chère à votre enfant. Voilà tout ce qu'un jour
Vous aurez de bonheur, vierge, grâce à l'amour !
Oh ! l'amour est sacré ; mère, que votre fille
Ait ce désir : L'amour qui donne la famille.

II

Quelle est donc cette femme allant le front baissé,
Dont le pas est tremblant et le corps affaissé ?
Approchez-vous plus près ; cette femme fut belle ;

Il n'est pas bien longtemps encore on parlait d'elle.
Elle a ses quarante ans. Son visage est flétri
En dépit de son âge et dit qu'elle a vieilli.
Comptez tous ses chagrins ; chacun d'eux a sa ride ;
C'est qu'on est malheureux lorsqu'on a le cœur vide.
Fuyez et plaignez-la : Point d'époux, point d'enfant,
Seule avec son remords, elle vit, à présent.
Voilà tout ce qui reste à cette pauvre femme ;
Elle a vendu son corps sans connaître l'amour ;
A présent le chagrin, le malheur sans retour :
Elle en mourra bientôt ; Dieu, pardonne à son âme.

III

Je suis, hélas ! à mon plus grand regret,
Jusqu'aujourd'hui, par malheur, vieille fille.
Mon pauvre cœur, pourtant, me semblait fait
Pour aimer un mari, vivre en famille.
J'en connus un : c'était un beau garçon,
Je me disais : « Oh ! s'il me trouvait belle,
» Je l'aimerais, je lui serais fidèle
» Et je serais fière d'avoir son nom. »
Mais, malgré moi, fille je suis encore ;
Mon cœur aimait et n'eut jamais d'amours ;
Seule je suis du soir jusqu'à l'aurore,
Et de l'aurore au soir, seule toujours !
O ! vous, rieurs, qui me jetez la pierre,
Vous vous moquez. Ah ! peut-être demain
Vous connaîtrez aussi quelle misère
C'est d'être aimant et d'espérer en vain !

IV

Je serai loin de lui, je ne dois plus le voir,
Plus l'aimer. O! malheur ô ! sombre désespoir,
Pénètre dans mon âme, arrache mes entrailles,
Déchire-moi le cœur, prends-le dans des tenailles.
Sur ma poitrine, étends ta lourde main de fer :
Je suis morte pour lui. Vivre ainsi, c'est l'enfer !
Quand le serai-je aussi pour moi ? Je suis maudite.
Lorsque je pris l'habit j'écoutais, interdite,
Une vieille sans cœur et qui n'aima jamais :
« N'aime que Dieu, dit-elle, » et moi je la croyais !
Le cloître, cependant, me paraissait horrible ;
Je comprenais que, là, le cœur est insensible
Et j'ai besoin d'aimer. Ici, dans l'hôpital,
J'ai des maux à guérir et je sens moins de mal...
Ce jeune homme, je l'ai toujours dans la pensée ;
Il retourne chez lui, serrer sa fiancée
Sur son cœur, il l'aime, elle, ils s'aiment tous les deux ;
Ils seront l'un à l'autre... ils seront tout heureux.
Et moi, pendant ce temps, je pleure, moi, je l'aime,
Et l'aimer est un crime et ma bouche blasphème
En parlant d'amour ! Dieu ! Dieu cruel et jaloux !
Qui me défends d'aimer, sois-tu maudit de tous !
Puisse... oh ! pardonne-moi ; tu vois mon cœur? je t'aime !
Pardonne à mon erreur, pardonne, ô ! Dieu suprême ;
J'étais folle, je veux toujours suivre ta loi,
Pardonne-moi, mon Dieu, je n'aimerai que toi.

Et maintenant, vous tous, sachez qu'elle en est morte
Et personne n'a su la douleur qu'elle emporte.

V

Amour, qui ne suit ton chemin
Trouvera le malheur sur terre ;
Qui sème son champ solitaire,
Récoltera peine et chagrin.

Vous, surtout, filles vertueuses,
Aimez ; pour vivre il faut l'amour ;
Aimez, pour être quelque jour
Des femmes, des mères heureuses.

Hors de l'amour point de bonheur,
Hors de l'amour point de sagesse,
Hors de l'amour c'est sécheresse
Et dureté que prend le cœur.

Aimez, pour que Dieu vous protège ;
Aimez, tout vous sera soumis ;
Aimez, vous aurez jeux et ris,
De Grâce et Beauté le cortège.

Aimez, vous aurez la bonté :
D'un cœur sec il ne faut attendre
Aucune douceur. Un cœur tendre
Rehaussera votre beauté.

Juillet 1878.

DÉSIR

—

I would I were thy bird.
Romeo and Juliet.

Pour ton front pur et ta bouche mignonne
Je donnerais ma vie avec bonheur;
Je donnerais.... que veux-tu que je donne ?
Tout est à toi, prends mon âme, mon cœur.

Je t'aime bien et chaque nuit je songe
Que je t'ai là, dormant à mon côté,
Puis je m'éveille. Hélas! ce n'est qu'un songe
Et je gémis de la réalité.

Si je t'avais, plus de brûlante fièvre ;
En m'éveillant, te voyant sous mes yeux,

Un doux baiser pris sur ta fraîche lèvre
Me calmerait et me rendrait heureux.

Oh ! te serrer dans mes bras, belle femme,
Sentir ton cœur palpiter sur mon cœur,
Sous tes baisers sentir fondre mon âme,
Baiser ta bouche et pâmer de bonheur !

Mais, loin de toi, je pleure, je soupire
Et seul, la nuit, je te demande à Dieu ;
J'attends toujours et j'en ai le délire
Et, comme un fou, je te cherche en tout lieu.

Oh ! viendras-tu ? si tu savais, je t'aime ;
Je t'aime en fou, je ne pense qu'à toi ;
Si tu m'aimais !.... Félicité suprême,
Je pourrais donc me soumettre à ta loi !

Chaque matin, quand m'éveille l'aurore,
Je tends les bras et je crois te saisir
Et rien n'est là ; je dois pleurer encore :
Mon désespoir, las ! me fera mourir.

Août 1878

OISEAU CAPTIF

—

J'ai là, près de moi, dans ma chambre,
Un pauvre tout petit oiseau,
Triste comme un jour de décembre
Et c'est moi qui suis son bourreau.

Je le pris, alors que ses ailes
Trop courtes le gardaient au nid ;
J'ai coupé les plumes si belles
Qui lui poussaient, pauvre petit.

Et l'oiseau me regarde et semble
Me reprocher ma cruauté ;
Il veut l'air et la joie ensemble,
Son nid, les champs, la liberté.

C'est si gai l'oiseau dans la plaine ;
Son chant monte au ciel si joyeux !

Et tu serais né pour la peine,
Et tu périrais malheureux ?

Va, va, que repoussent tes plumes
Et je te rendrai le ciel pur ;
Si le soir te donne ses brumes,
Le jour te donnera l'azur.

La liberté ! Vive l'espace
Où les jours gais peuvent couler !
Pars, mon petit, je te fais grâce...
Oh ! laissons l'oiseau s'envoler !

Mais il mourut. La mort est l'heure
Où tout chagrin est emporté ;
La mort calme celui qui pleure
Et rend à tous la liberté !

Août 1878.

RÉSOLUTIONS

—

I

L'IVROGNE

Certain jour — je ne sais plus quand,
J'ai toujours eu bonne mémoire —
Je me dis : il faudrait pourtant,
Pour la soif garder une poire.

Mais hélas ! le vin trop tentant
Vaut bien mieux que l'eau de la Loire,
Et je bois tout en promettant
Qu'on ne me verra jamais boire,

Je vous le dis, en vérité,
C'est le vin qui cause ma peine ;
Guérissez mon infirmité,

Dans l'auberge la plus prochaine,
A vous, ô! savant médecin,
Je paîrai bouteille de vin.

II

L'AMANT

Va, laisse-moi, méchante ingrate;
Je ne veux plus jamais t'aimer ;
Allons, puisqu'il le faut, j'éclate
Jamais je ne veux me calmer.

Ne crois pas que l'amour m'abatte ;
Tu ne saurais plus me charmer
De te résister, je me flatte,
A toi mon cœur va se fermer.

Ah! ne crois pas que je t'adore ;
Va, va, tes yeux brillent en vain;
J'en lève devant Dieu la main....

Si tu veux me trahir encore
Si tu n'es sage désormais,
Je ne veux plus t'aimer jamais.

Août 1878.

LE POÈTE PAUVRE

—

Réponse à M. Marc-Bonnefoy.

—

Il est vrai qu'un sonnet ne donne aucune rente ;
Il est vrai que la faim est pressante parfois ;
Il est vrai que, souvent, on se ronge les doigts
Et que, le ventre creux, la voix se fait tremblante.

Oui, poète, j'ai faim, et cependant je chante ;
Je chante l'Espérance et j'assure ma voix
Car, si ma voix se perd, sans écho, dans les bois ;
Si mon espoir est vain, si vaine est mon attente,

Je me console au moins avec quelque doux chant ;
Je sais que mon génie est, hélas ! impuissant,
Mais, mourir en chantant, c'est le sort du poète.

Ah ! je sens que j'ai faim, quand ma lyre est muette ;
J'ai faim, mais d'harmonie, et comme l'alouette
J'attends demain, joyeux, le cœur insouciant ;

Septembre 1878.

A MON AMI CHARLES C.

RONDEAU

Grâce à l'amour, mon cher ami,
Je vois que ton cœur m'abandonne
Ou, plutôt, me met en oubli.
Reste sans crainte et sans souci :
Va, mon ami, je te pardonne.

L'enfant Cupidon j'ai servi ;
Je sais tous les tourments qu'il donne :
J'ai paru fou plus qu'à demi
Grâce à l'amour.

4*

Ne crains pas que je te sermonne ;
Reproches iraient mal ici ;
Je n'en ferai donc point aussi.
Tu n'es pas le seul, Dieu merci,
Ne rêvant que d'une personne
Grâce à l'amour.

Septembre 1878.

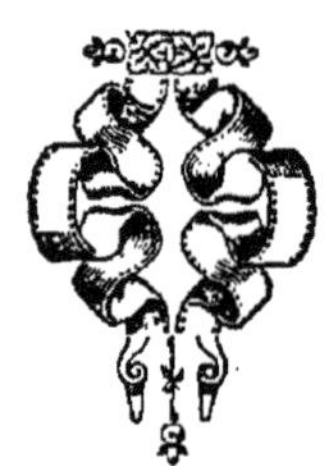

BEAUTÉ ET VERTU

—

Mignonne ! écoute-moi :
J'aime ton air, ta grâce ;
Tout est charmant en toi,
Beauté que rien n'efface.
J'aime tes blonds cheveux,
J'aime ton œil limpide,
Mais ton âme candide,
Je l'aime encor bien mieux.

Il est bon d'être belle ;
Mais la beauté, vois-tu,
Doit toujours, avec elle,
Entraîner la vertu ;
Car lorsque l'on est sage,
Cela vaut encor mieux

Qu'avoir de jolis yeux :
La beauté s'use à l'âge.

Tes beaux traits grossiront
Et de profondes rides,
Sur ton front, graveront
Le pas des ans rapides ;
Tomberont tes cheveux
Blancs ainsi que la neige,
Mais la vertu protège
Ceux qui deviennent vieux.

Vertu sert de parure,
Quand la beauté s'en va ;
Celle dont l'âme est pure,
Toujours, toujours plaira ;
La vertu fait éclore
Au fond des sillons creux
Ridant le front des vieux,
De vrais charmes encore.

Donc, mignonne, crois-moi,
Si ton air, si ta grâce
Sont ce qui plaît en toi,
Songe que cela passe ;
Que, de tes blonds cheveux
Et de ton œil limpide,
C'est ton âme candide
Qui vaut encor le mieux.

Septembre 1878.

EMANCIPATION DES FEMMES

—

... Et nous voyons que d'un homme on se gausse
Quand sa femme, chez lui, porte le haut-de-chausse.
FEMMES SAVANTES.

—

Voyons, expliquons-nous. Vous êtes plein de flamme ;
Vous parlez haut et fort, criez : « Vive la femme ! »
Et trompé par ce cri, moi, je suis accouru,
Criant : « Vive la femme ! » et, là, j'ai reconnu
Que nos cris à tous deux sont discordants en diable.
J'en ai bien du chagrin, homme très-vénérable
Qui voulez le bonheur des femmes ici-bas
En les faisant docteurs, députés, avocats.

Et vous, mon bon monsieur, vous ferez donc la soupe !
Bercerez les enfants, étudierez la coupe
Des robes, des jupons. Prenant l'aiguille en main,

Vous coudrez. Vous saurez — tout s'apprend à la fin —
Mettre le pot au feu, tailler une chemise,
Brocher des bas de laine et faire une reprise ;
Puis vous vous friserez et vous pommaderez ;
Sans vous lasser jamais, de fard vous couvrirez ;
Sentirez comme d'un parfumeur la boutique.
Madame, dans ce temps, parlera politique,
Ira lire, au café, tous les journaux du soir
Et vous regarderez votre mine au miroir !
Ah ! vous aurez, ma foi, — qu'il ne vous en déplaise —
L'air pas trop dégourdi qu'avait défunt Nicaise.

Si c'est votre idéal, ce n'est pas là le mien ;
J'aime beaucoup la femme et lui veux trop de bien
Pour vouloir, à ce point, la rendre détestable.
La femme gouverner ? Oh ! mais, c'est redoutable !
On ne s'entendra plus et Dieu sait quels écarts...,
Vous aurez votre maître, ah ! messieurs les bavards :
On en dira fort long, mais, las ! de chaque affaire
On ne verra sortir jamais que de l'eau claire.
Partout on entendra des femmes caquetant,
Se croyant quelque chose à l'Etat d'important ;
Elles voudront mener avec une baguette
Les bonasses maris qui courberont la tête.
Et nous arriverons au monde renversé,
Bien pis que renversé, monde bouleversé ;
Chacun sera le maître allant à sa manière.

Halte-là, s'il vout plaît ! Soyez moins cavalière,
Ma toute belle dame et n'usurpez nos droits ;

Prenez garde, c'est chaud ; ne brûlez pas vos doigts...
Car ils sont si mignons : ce serait grand dommage.
Veuillez ne rien brouiller et vous tenir bien sage.
Là, ne touchez à rien. Ce n'est point amusant.
Vous serez plus gentille, et nous vous aimons tant
Quand vous vous contentez d'être pour nous charmante.
Belle mignonne, allons, ne soyez pas méchante.
Vous êtes ce que Dieu produisit de meilleur ;
Nous vous sommes soumis, vous avez le bonheur
De nous voir à vos pieds, que cela vous suffise.
Que voulez-vous de plus ? Quoi ! faut-il que l'on dise :
« La femme ne veut plus régner par la beauté ;
» Il manque à son bonheur le nom de député ;
» Elle veut, désormais, devenir notre égale,
» L'ambition la prend, il faut qu'on la régale
» D'un peu de politique. »

Ah ! madame, tout beau !
Vous perdriez beaucoup en cet état nouveau ;
Ah ! point de politique ; où voulez-vous descendre ?
N'avez-vous rien au cœur qui vous semble plus tendre ?

Ne demandez jamais, femme, l'égalité ;
Vous auriez trop à rendre à l'homme, en vérité.
Nous avons tous un lot, à tous la part est faite ;
Vous avez le plus beau, soyez-en satisfaite.
Faut-il pas que quelqu'un nous berce les enfants
Lorsqu'ils ont la colique ou bien qu'ils font leurs dents ?
Faut-il pas que quelqu'un s'occupe des affaires,
Si l'on veut que tout marche et qu'elles soient prospères ?

Contentons-nous de peu ; c'est assez d'une part,
Mais prenons bien la nôtre et non pas au hasard.
On n'accorde aux enfants pas toutes leurs demandes ;
Mesdames, veuillez donc n'être pas trop gourmandes,
Et gardez votre lot. A chacun son métier :
Nous avons le second, vous avez le premier...
Mettons, je le veux bien, que ces métiers se valent
Et, de ce même coup, les femmes nous égalent,
Mais ne les changeons pas. Des femmes avocats,
Des maris marmitons qui tricotent des bas,
Cela ne fait pas bien. Car, il faut, je suppose,
Que la soupe et les bas soient faits. C'est quelque chose
Que plaider, c'est joli, mais il faut vivre, enfin.
Ecrivez dans la loi que nous n'aurons plus faim !....
Si personne ne veut plus faire la cuisine,
Il nous faudra jeûner. Et nous aurons la mine
Longue d'un pied mais sans avoir trop de largeur
Et nous serons fameux, hélas ! par la maigreur.
Tenez, je me souviens d'une certaine histoire
Que cela, justement, me remet en mémoire.
C'est un fort joli conte et très-bien inventé,
Dont j'aime le piquant et la moralité :

C'est un bon paysan qui, las de son ouvrage,
Veut rester au logis et faire le ménage.
Sa femme part aux champs ; lui, reste à la maison.
Sa femme va bêcher, lui, fait le marmiton.
Mais le soir arrivé, la soupe n'est point faite,
Le champ n'est point bêché, la vache n'est point traite,
Tout est bouleversé, tout est dessus-dessous,

Chacun est mécontent. Le lendemain, moins fous :
L'homme alla dans les champs avec plus de courage,
La femme mit le pot. Ce qu'ils firent fut sage.

Et vous, femmes, vraiment, vous pourriez accepter ?
Quoi donc, et vos enfants, vous les pourriez quitter ?
Je croyais, trop naïf, que le titre de mère
Vous suffisait. Erreur. Il ne peut plus vous plaire.
Je vois que vous ferez d'excellents avocats
Et vous irez aux plaids vos enfants dans les bras.
Vous les apporterez alors à l'audience
Et quand ils pleureront vous nous direz, je pense :
« Mon cher monsieur le juge, attendez un moment,
» Le petit veut téter, je reviens à l'instant
» Terminer mon discours. »

Allons, allons, mesdames,
Personne n'y peut rien, demeurez donc des femmes.

Octobre 1878.

UN JEUNE ATHÉE MOURANT

—

N'approche pas, ô Mort, ô Mort, retire-toi !
LA FONTAINE. Liv. I, fab. XV.

Quand je n'ai que vingt ans, me faudra-t-il mourir ?
Mourir ! ce n'est pas vrai ! Quoi, tout pourrait finir ?
Moi si gai, si joyeux, je verrais à ma porte
Ton spectre, ô mort, frapper ? Qu'en ses bras elle emporte
Un vieillard décrépit, bien, il a fait son temps ;
Qu'il retourne au néant. Mais, dès mes premiers ans,
Mes yeux se fermeraient à la belle nature ?
Je n'aurais plus de fleurs, plus d'oiseaux, de verdure ?
Pour moi, le gai soleil n'aurait plus de clarté,
Les oiseaux plus de chants la femme de beauté ?
Je me verrais plongé dans la nuit éternelle
Des sinistres hiboux me caressant de l'aile ?
Le jour ne finit pas ainsi dès le matin ;

Mon étoile n'est pas déjà sur son déclin ;
Mon soleil brille encore en fiers rayons de flamme ;
Je connaîtrai l'amour : belle encore est la femme !
J'irai cueillir encor la fleur au sein des champs ;
Les oiseaux chanteront, pour moi, bien des printemps ;
Je veux vivre longtemps et jouir de la vie ;
Je suis heureux ici, le jour me fait envie
Et j'ai peur du tombeau....

Le tombeau, c'est hideux !
Je crois sentir le ver se loger dans mes yeux ;
Je crois sentir ma chair s'en aller en poussière,
Mes os se dessécher. Je me vois dans la bière,
Squelette décharné ; dans la tombe placé,
Je me sens insensible, inanimé, glacé ;
Et je frémis. J'ai peur. Oh ! que l'on me guérisse !
Sauvez-moi, qu'en ce jour tout pour moi ne finisse !
Au secours ! par pitié ! sauvez-moi ! sauvez-moi !
Je veux vivre ; la mort me fait trembler d'effroi.
Je la vois, oh ! pitié ! La voilà qui s'approche ;
Je sens figer mon sang sous ma mamelle gauche
Et je n'ai pas vécu ! ....

Mais, s'il était un Dieu ;
Si mon âme, après moi, vivait ? ... et dans quel lieu ?
A quoi vais-je songer ?.... Le corps va dans la terre,
L'âme... je ne sais où : pour moi c'est un mystère :
Faut-il craindre, espérer ? ... J'ignore cependant,
C'est fou, c'est insensé, mais que c'est déchirant !
Voilà : Je vais périr, mon corps va disparaître ;

Tout sera-t-il fini ? Cela ne peut pas être.
Je n'ai pas d'âme, moi ; non, non, je n'en ai pas;
Je mourrai tout entier, tout finit au trépas....

Si Dieu vivait pourtant ; un Dieu qui récompense
Et qui punit ! un Dieu... Si j'avais l'espérance !
Mais je n'espère rien... Espérer.... Dieu !... S'il vit,
Je dois le redouter, car ce Dieu m'a maudit.
Ah ! c'est un Dieu puissant qui gouverne la terre,
Dieu qui me fait mourir, qui commande au tonnerre ;
C'est un Dieu tout-puissant qui va juger mon cœur,
Qui va me condamner à l'éternel malheur ;
C'est un Dieu tout-puissant et rayonnant de gloire...
Mon Dieu ! je me repens ! Mais, quoi donc, vais-je croire?
Non, mon cœur est de roche... Oh ! que n'ai-je la foi !
Que ne puis-je, mourant, crier bien haut : Je croi !
Mais je suis envahi par l'implacable doute,
Et je me sens perdu. Je vais, cherchant ma route,
A tâtons, égaré, n'allant que pas à pas,
Lorsque la mort accourt, hélas ! et n'attend pas !

Oh! qu'ils soient tous maudits, ces hommes que j'abhorre,
Qui mirent dans mon cœur, jeune et croyant encore,
Ce doute, doute affreux. Qu'ils soient maudits, maudits;
Et qu'ils n'aient, autour d'eux, qu'enfants abâtardis,
Et quand ils gémiront, que, d'une voix bien haute,
Leur conscience dise : « A vous en est la faute ;
» Grâce à vous, ces enfants seront des malheureux ;
» Vous les avez perdus et vous pleurez sur eux ?....
» Pleurez plutôt sur vous ! »

Qu'à votre heure dernière
Vos yeux encor fermés demandent la lumière,
Et que, doutant encor, que, demandant la foi,
Vous ne puissiez l'avoir ; mourant, ainsi que moi,
Le désespoir au cœur. Car je me désespère
Et je pleure et je tremble... O ! mon père, ô ! ma mère,
Je vais bientôt mourir et je vous dis adieu,
Mère, priez pour moi, priez, il est un Dieu !

Octobre 1878.

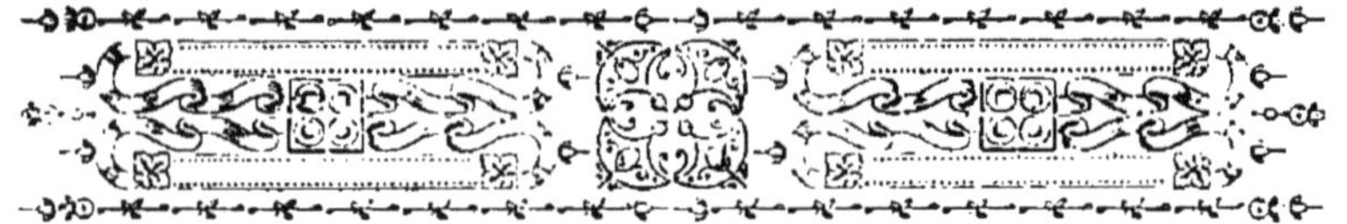

AMOUR PUR

—

SONNET

—

Dans un livre, un auteur me disait, à l'instant :
« L'union n'est que d'âme avec la femme aimée. »
Ma foi je ne peux pas, moi, prendre argent comptant
Pareille opinion de la sorte formée.

Mon âme, c'est fort beau; mais, mon corps, franchement,
Ne peut voir, sans brûler, mon âme être allumée :
Si pur que soit le feu, nulle flamme, pourtant,
Ne monte vers le ciel sans un peu de fumée.

Mon âme avec mon corps sont unis tous les deux ;
Si l'âme veut quelqu'un, le corps répond : Je veux ;
L'un suit l'autre toujours, je ne puis m'en défendre.

Quand une belle aura mon cœur dans ses filets,
J'irai lui dire : « Il faut s'unir à tout jamais ;
» Quand l'âme t'appartient, le corps doit-il attendre? »

Novembre 1878.

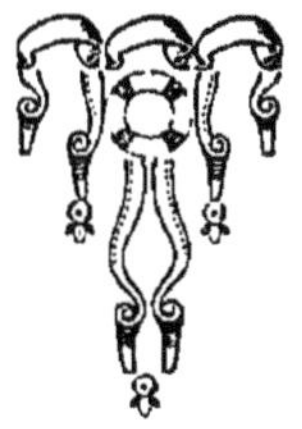

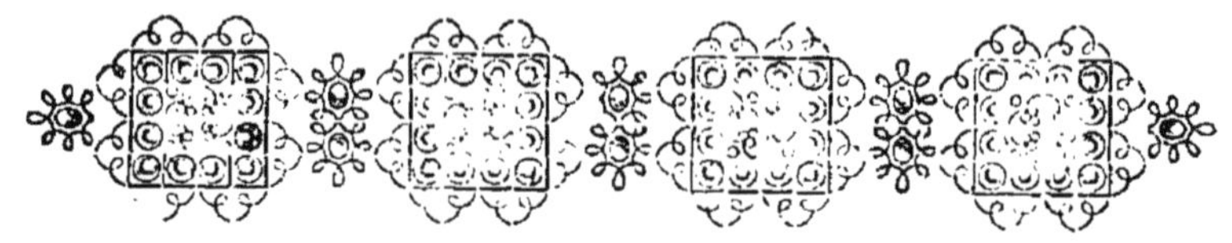

AU LECTEUR

—

Es-tu las de mon bavardage?
As-tu maudit, de tout ton cœur,
L'assommant, l'ennuyeux auteur
Qui te donna pareil ouvrage,
Et que tu lus pour ton malheur?

Ai-je mis à bout ton courage?
Ai-je mis ta bile en fureur?
Et de bailler sur chaque page
Es-tu las?

Crois-tu que j'eusse été plus sage,
Pour t'épargner un tel labeur,
D'avoir moins, d'écrire, la rage;
Dis-le moi donc, sur ton honneur,
En bonne foi, mon cher lecteur,
Es-tu las?

Mai 1879.

TABLE DES MATIÈRES

ESTAMPILLÉ

PAR

L'ACADÉMIE POÉTIQUE DE FRANCE

ET IMPRIMÉ

SOUS SA DIRECTION

A LA

TYPOGRAPHIE ROGER & LAPORTE

5, PLACE SAINT-PAUL, 5

A NIMES (GARD)

POUR

ÉDOUARD ROUVEYRE, ÉDITEUR, A PARIS

1879

NIMMS, IMP. ROGER ET LAPORTE, PLACE SAINT-PAUL, 5.

www.ingramcontent.com/pod-product-compliance
Ingram Content Group UK Ltd.
Pitfield, Milton Keynes, MK11 3LW, UK
UKHW020326250726
13967UKWH00004B/1879

9 782013 036528